AF457395

NATILICA
CONTE INDIEN
OU CRITIQUE
DE CATILINA

Desinit in piscem mulier formosa superne.

HOR. DE ARTE POETICA.

A AMSTERDAM.

M. DCC. XLIX.

NATILICA,

CONTE INDIEN

OU

CRITIQUE DE CATILINA.

SOus le régne d'I*nebaemi* * Empereur du Mogol, R*ebnocill* tenoit un rang fort distingué dans Deli : cette capitale de l'Empire étoit le centre du goût, de la politesse & des arts, & R*ebnocill* possédoit

* C'est-à-dire, Bien-aimé.

A

dans un dégré éminent les talens qui ſont l'homme aimable & l'homme de génie. Il joignoit à ces avantages une phiſionomie décidée au grand, & les femmes qui ne ſe trompent guéres à ces caractéres extérieurs s'étoient longtems diſputé ſa conquête.

La belle *Gepear* triompha de toutes ſes rivalles: il y avoit dans Deli peu de femmes auſſi réguliéres; ſes traits étoient nobles, ſes regards pleins de majeſté, ſa démarche fiére & ſoutenue, ſes ſentimens élevés, & ſa conduite irréprochable. On l'accuſoit cependant d'être quelquefois guindée, & d'avoir l'humeur atrabilaire.

C'est ce qui faisoit que bien des gens lui préféroient la femme de *Lovatire*: elle avoit mille défauts qu'on ne pouvoit reprocher à *Gepear*, coquette à l'excès, son imagination vive & brillante se livroit à des écarts continuels, avide toute sorte de gloire, elle parloit pompons & métaphisique, tout étoit l'objet de sa curiosité, & quelque conversation qu'on eût à traiter avec elle, on en sortoit, du moins séduit, si l'on n'étoit pas persuadé. Sa figure ressembloit assez à son esprit, ce n'étoit pas absolument une beauté, mais un teint & des couleurs admirables couvroient l'irrégularité de ses traits, & tout plaisoit en elle, jusqu'à ses défauts.

Gepear ne trouva pas dans son union avec *Rebnocill*, le bonheur qu'elle s'en étoit promis : les apparences parloient si fort pour lui, qu'elle n'avoit pas cru devoir ajouter foi aux bruits qui avoient autrefois couru à sa honte. D'ailleurs, dequoi ne se flatte point la vanité d'une jolie femme ? elle fut bientôt convaincue que le Ciel ne fait pas toujours des miracles, ou que le triomphe de Pigmalion n'est qu'une fable. *Rebnocill* donna d'abord toutes les mauvaises excuses dont un faux brave se sert en pareil cas ; *Gepear* ne pouvoit s'y tromper, certaines circonſtances qui n'avoient point échapé à ſa pénétration la perſuadérent que la faute de ſon époux étoit irréparable. Il fallut avouer la vérité, mais en même tems, il lui fit ſi bien comprendre la néceſſité du ſecret, & les avantages du dédommagement qu'il lui propoſa, qu'elle contraignit ſes murmures au ſilence, & conſentit à paſſer pour ſa femme.

Rebnocill avoit un frere Derviche * qui ménoit une vie fort retirée dans un des Fauxbourgs de Deli: il lui peignit ſon déſeſpoir avec des traits ſi touchans que le

* Eſpéce de moines ſolitaires chez les Mahométans.

faint homme offrit tout ce qui dépendoit de lui pour réparer le malheur de *Rebnoctll*. Le Derviche étoit pénétré de cette vérité, qu'un fidele Musulman doit continuellement travailler à la propagation des serviteurs du Prophête. Il fut donc convenu entr'eux qu'il joueroit avec *Gepear* le personnage de son frere, & il le fit si bien, que le succès de ses travaux acheva de dissiper des bruits, qui n'étoient que trop bien fondés. On suppose aisément que l'échange ne déplût pas à *Gepear*, elle eut du Derviche six enfans qui passérent sur le compte de *Rebnoctll*, auquel on en fit tous les complimens. Aucun cependant ne lui ressembloit, un air sombre & farouche qui les caractérisoit tous, décéloit l'ouvrage du cloître; Mais la bonne intelligence qui régnoit entre *Gepear* & son mari, mettoit les soupçons en défaut, & sans un événement extraordinaire, & dont il n'est pas même d'exemple dans l'histoire, *Rebnocill* eût constamment joui de sa réputation jusqu'à la fin de sa carriére.

Gepear devint grosse pour la septiéme fois, suivant l'usage du pays, sa grossesse fut annoncée avec éclat; *Rebnocill* étoit aimé, & tout Deli attendoit avec impatience un nouveau rejetton de cet illustre citoyen. Dans cette intervalle, le Derviche mourut, son frere en fut touché, pour *Gepear*, elle fut inconsolable, & tomba dans une espéce de langueur qui fit tout appréhender pour sa vie; en effet, quelques années s'étoient déja écoulées au-delà du terme marqué, & *Gepear* n'accouchoit point; on ne pouvoit pas douter qu'elle fut grosse, plusieurs femmes de ses amies avoient senti remuer l'enfant, on prétendoit même que de tems en tems, il faisoit paroître quelque membre. Ce prodige fut la matiére d'une foule de raisonnemens; les Sçavans du Mogol étoient pour lors occupés à découvrir la cause d'une maladie épidémique répandue ſur les bêtes à corne, ils s'aſſembloient à cet effet deux ou trois fois la ſemaine, dans une des ſalles du Palais; tous raiſonnoient parfaitement ſur les effets de ce mal, aucun n'avoit encore trouvé le moyen de le guérir. L'avanture de *Gepear* interrompit le cours de leurs infructueuſes recherches, & devint l'unique objet de leurs méditations; mais ce fut avec auſſi peu de ſuccès. Un Médecin Portugais qui voyageoit dans les Indes, arriva pour lors à Deli; il entendit bientôt parler de ce qui faiſoit le ſujet de toutes les converſations. Il voulut voir la malade, & comme il avoit le tact fin, il décida d'abord que l'enfant qu'elle portoit dans son sein n'étoit pas bien conformé, qu'il lui manquoit encore quelques membres, & qu'il couroit risque d'être un enfant *mort-né*, si l'on ne travailloit incessamment à le mettre en état de voir le jour.

Chacun donnoit carriére à ses réfléxions sur cette bizarrerie de la nature; Mais le seul R*ebnocill* pouvoit expliquer l'énigme. On ignore les moyens dont il se servit pour exécuter l'ordonnance du Médecin, l'Auteur Indien n'ose hazarder là dessus que des conjectures, enfin, soit que la nécessité, qui tient si souvent lieu de vertu, joint à l'état actuel de G*epear*, procurât

curât à Rebnocill des facilités qu'il n'avoit pas trouvé dans les premiers jours de son mariage, soit qu'il eût plutôt, comme ses envieux le supposérent, confié à quelque autre le soin d'achever l'ouvrage du Derviche, après un travail des plus longs * & des plus difficiles, *Gepear* devenue presque octogenaire accoucha d'un fils qui fut nommé *Natılca*, c'est-à-dire, posthume.

Cette nouvelle ne fut pas plutôt annoncée que toute la Ville s'empressa pour le voir ; une ancienne coutume du Mogol obligeoit les parens d'exposer leurs enfans à la censure publique, au moment de

* Le texte Ind en porte, après une grossesse de quarante deux années.

eur naiſſance, il y avoit dans Deli deux eſpéces d'amphitéâtre conſacrés à cette cérémonie; l'un, dans le quartier le plus diſtingué de la Ville, étoit deſtiné aux gens de qualité, & l'autre ſcitué près des Fauxbourgs étoit abandonné au peuple & aux étrangers. On affichoit le jour que l'enfant devoit être expoſé, & ſuivant le plus ou le moins de conſidération de celui qui en étoit le pere, le lieu de l'aſſemblée étoit plus ou moins rempli de Spectateurs. Les places ſe retenoient quelquefois ſix mois d'avance, & au jour marqué, on s'aſſembloit au ſon d'une cloche pour décider du ſort de l'enfant. Lorſqu'il avoit trouvé grace devant ses juges, ce qu'ils exprimoient en frappant des mains l'une contre l'autre, on l'inscrivoit sur le livre de vie, & dès ce moment, il jouissoit du droit de Citoyen : lorsque ses bonnes qualités se trouvoient balancées par ses vices, on se contentoit de le condamner à la retraite pour quelque tems, dans l'espérance que l'éducation parviendroit à corriger ses défauts, & l'on avoit plusieurs fois éprouvé que cette indulgence avoit eû d'heureuses suites; Mais lorsqu'il paroissoit vicieux sans retour, on n'avoit aucun égard pour celui à qui il appartenoit, on le rendoit à ses parens avec ordre de ne lui laisser jamais voir le jour, &

cette profcription fe notifioit par des cris aigus à peu près femblables au bruit d'un fifflet.

Cette fage coutume fouffroit bien des exceptions ; il arrivoit fouvent que la cabale & la prévention prévaloient fur l'intégrité, & qu'on introduifoit ainfi dans la fociété des monftres indignes du nom d'homme. Un exemple tout récent ne juftifioit que trop cette vérité. La femme de *Lovature* étoit accouchée quelques mois auparavant d'une fille, que fes plus intimes amis avoient trouvé contrefaite, cet accident lui venoit, difoit-on, de l'apparition d'une ombre que la mere avoit eue pendant fa groffeffe ; mais le crédit du Pere en impoſa ſi bien à ſes juges, qu'ils n'oſerent prononcer leur arrêt, & qu'après quinze ſcéances, la queſtion étoit demeuré indéciſe.

Rebnocill crut devoir imiter la précaution de *Lovatire*; avant d'expoſer *Natilica* aux yeux du Public, il le fit porter chez la Sultane favorite & chez pluſieurs Omrhas * pour les intéreſſer en ſa faveur. Cet enfant placé dans un certain jour leur parut à tous d'une beauté achevée, ce n'étoit plus qu'un cri ſur ce nouveau chef-d'œuvre, on étoit comblé, on alloit même juſqu'à dire qu'il eſſaceroit la gloire des fils du grand *Cillenore*, qui tout vieux qu'ils

* Grands Seigneurs du Mogol.

étoient, paſſoient encore pour les plus beaux hommes de l'Empire.

Aſſuré du ſuffrage des premiers de l'Etat, R*ebnocıll* fixa le jour de la cérémonie; on courut en foule à l'Amphitéâtre par air, par curioſité, ou par goût: jamais l'aſſemblée n'avoit été ni ſi nombreuſe, ni ſi brillante. N*atılica* parut enfin couvert de langes magnifiques (car c'étoit l'Empereur qui avoit fait préſent de la layette) & il fut accueilli avec de grandes acclamations. Il eſt vrai que le premier coup d'œil étoit pour lui, tout le monde convenoit qu'il avoit la tête admirable, & la moitié du corps paſſablement bien fait; mais l'autre moitié n'y répondoit nullement : on ne trouvoit aucune proportion dans les membres, ceux d'en haut paroissoient robustes & bien fournis, ceux d'en bas décharnés & languissans.

D'ailleurs, sa phisionnomie étoit plus majestueuse qu'intéressante, on admiroit froidement de grands traits qui n'exprimoient rien, & sa carnation qui sembloit ferme de loin, devenoit molle au toucher, & n'étoit que boursoufflée.

Ces défauts que les moins connoisseurs avoient remarqué réveilveillérent des soupçons mal assoupis, on se rappella la décision du Médecin Portugais, & l'on comprit pour lors, que le substitut du Derviche étoit l'auteur des contrastes qui se rencontroient dans les différentes parties du corps de *Natilica*.

Quoiqu'il en soit, la singularité des circonstances, le grand âge de son pere, & le mérite reconnu de ses freres & sœurs lui rendirent ses juges favorables, & on décida que sans tirer à conséquence pour l'avenir, il seroit admis comme eux au rang de Citoyen.

EPITRE
DE M. DE VOLTAIRE,

A M. le President Henault *Sur l'envie.*

HEnault fameux par vos sou-
pés
Et par votre chronologie,
Par des Vers au bon coin frappés
Pleins de douceur & d'harmonie ;
Vous qui dans l'étude occupés
L'heureux loisir de votre vie,
Daignés m'apprendre, je vous prie,
Par quel secret vous échappés
Aux malignités de l'envie ;
Tandis que moi placé plus bas
Qui devroit être inconnu d'elle
Je vois que sa rage éternelle
Répand son poison sur mes pas.
Il ne faut point s'en faire accroire,
J'eus tort de vouloir m'afficher

Aux murs du temple de mémoire ;
Aux sots vous sçutes vous cacher ;
Je parus trop chercher la gloire,
Et la gloire vint vous chercher.
Qu'un chêne l'honneur du bocage
S'éléve au-dessus des ormeaux
On en respecte les rameaux
Et l on danse sous son ombrage ;
Mais quand du milieu du gazon
Quelque brin d'herbe ou de fougere
S'éléve un peu sur l'horison
On l'en arrache avec colere.
Je plains le sort de tout Auteur
Que les autres ne plaignent guéres
Si dans les travaux litéraires
Il veut gouter quelque douceur
Il doit fuir comme un grand malheur
Tous les beaux esprits ses confreres.
Montagne cet Auteur charmant
Loin de tout docteur malevole
Tour à tour profond & frivole

Doutoit de tout impunément
Où se mocquoit très-librement
Des bavards fourrés de l'école.
Mais quand son éléve charron
Plus retenu, plus méthodique
De sagesse donna leçon
Il fut près de périr, dit-on;
Par la haine Théologique.
Les lieux les temps l'occasion
Font votre gloire & votre chûte
Hier on aimoit votre nom
Aujourd'hui l'on vous persécute.
La gréce à l'incensé Pirrhon
Fait ériger une Statue,
Socrate prêche la raison
Et Socrate boit la cigué.
Heureux qui dans d'obscurs travaux
A soi-même se rend utile
Il faudroit pour être tranquile
Des amis & point de rivaux.
La gloire est toujours inquiéte,
Le bel esprit n'est qu'un tourment
On est dupe de son talent;

C'eſt comme une épouſe coquette
Elle eſt fêtée inceſſamment ;
Mais ſon caprice nous obſéde
Elle eſt des autres l'agrement
Et le mal de qui la poſſéde.

Mais finiſſons ce triſte ton,
Eſt-il ſi malheureux de plaire
C'eſt un petit coup d'éguillon
Qui vous force encore à mieux faire.

Dans la carriére des vertus
L'ame noble en eſt excitée ;
Virgile avoit ſon mœvius
Hercule avoit ſon Euriſtée.

Que m'importent de vains diſcours
Qui s'envolent & qu'on oublie,
Je coule ici mes heureux jours
Dans la plus tranquile des cours
Sans intrigue & ſans jalouſie,
Près d'un grand Roi ſans courtiſans
Près de Bouflers & d'Emilie,
Je les vois & je les entends,
Il faut bien que je faſſe envie.

www.ingramcontent.com/pod-product-compliance
Ingram Content Group UK Ltd.
Pitfield, Milton Keynes, MK11 3LW, UK
UKHW022208190726
13855UKWH00004B/1667

9 782013 070843